la courte échelle

MW00906755

Les éditions de la courte échelle inc.

Marie-Danielle Croteau

Marie-Danielle Croteau est née en Estrie. Après des études en communication et en histoire de l'art, elle travaille dans le domaine des communications puis se consacre pleinement à l'écriture.

Depuis une douzaine d'années, elle réalise ses deux grands rêves: écrire et voyager. Avec son mari et ses deux enfants, elle a vécu en France, en Afrique et dans les Antilles. Elle a même fait la traversée de l'Atlantique à bord de leur voilier, *Le Mouton noir*. Après une escale de trois ans dans la région de Vancouver et un court séjour en Alaska, elle est en route pour l'Amérique centrale et les îles du Pacifique Sud.

À la courte échelle, Marie-Danielle Croteau a écrit pour les jeunes et les adolescents dans les collections Albums, Premier Roman, Roman Jeunesse et Roman+. Certains de ses titres sont traduits en anglais. Elle est également l'auteure de romans pour adultes dont *Le grand détour*, paru dans la collection Roman 16/96.

Bruno St-Aubin

Bruno St-Aubin a fait des études en graphisme au collège Ahuntsic, puis en illustration à l'Academy of Art College de San Francisco et, enfin, en cinéma d'animation à l'Université Concordia. Depuis, il illustre des contes et des romans jeunesse. On peut voir ses illustrations au Québec et dans certains pays francophones. Bruno s'amuse aussi à faire du théâtre de marionnettes. Aujourd'hui, il habite à la campagne avec sa petite famille. C'est un amoureux de la nature qui profite à plein temps de la vie!

De la même auteure, à la courte échelle

Collection Albums

Série Il était une fois...
Un rêveur qui aimait la mer et les poissons dorés

Collection Premier Roman

Série Fred et Ric:
Le chat de mes rêves
Le trésor de mon père
Trois punaises contre deux géants
Mon chat est un oiseau de nuit
Des citrouilles pour Cendrillon

Collection Roman Jeunesse

Série Avril et Sara:
De l'or dans les sabots
La prison de verre

Collection Roman+
Lettre à Madeleine

Série Anna:
Un vent de liberté
Un monde à la dérive
Un pas dans l'éternité

Marie-Danielle Croteau
LES CORSAIRES DU CAPITAINE CROQUETTE

Illustrations
de Bruno St-Aubin

la courte échelle
Les éditions de la courte échelle inc.

Les éditions de la courte échelle inc.
5243, boul. Saint-Laurent
Montréal (Québec) H2T 1S4

Conception graphique:
Derome design inc.

Révision des textes:
Andrée Laprise

Dépôt légal, 3ᵉ trimestre 2000
Bibliothèque nationale du Québec

La courte échelle reconnaît l'aide financière du gouvernement du
Canada par l'entremise du Programme d'aide au développement de
l'industrie de l'édition pour ses activités d'édition. La courte échelle est
aussi inscrite au programme de subvention globale du Conseil des Arts
du Canada et reçoit l'appui du gouvernement du Québec par
l'intermédiaire de la SODEC.

La courte échelle bénéficie également du Programme de crédit d'impôt
pour l'édition de livres – Gestion SODEC – du gouvernement du
Québec.

Données de catalogage avant publication (Canada)

Croteau, Marie-Danielle

    Les corsaires du capitaine Croquette

    (Roman Jeunesse; RJ98)

    ISBN: 2-89021-437-0

    I. St-Aubin, Bruno. II. Titre. III. Collection.

PS8555.R618C67   2000   jC843'.54   C00-941059-7
PS9555.R618C67   2000
PZ23.C76Co 2000

Pour tous les petits forbans
qui hantent les mers du globe.
Pour Alex et Anthea,
qui sont un peu de ceux-là.

Merci à Olga et Stéphane
qui m'ont permis d'emprunter
le nom de l'Ultimo Refugio,
leur sympathique café enfoui
dans la végétation luxuriante
d'Ojochal, au Costa Rica.

Chapitre I
Robin des mâts

Jonas s'imaginait en avoir fini avec la mer. Son perroquet gris juché sur une épaule, son baluchon sur l'autre, il s'apprêtait à quitter le port de San Francisco. Il venait de toucher sa dernière paye de marin au long cours: une nouvelle vie allait commencer pour lui.

Il se voyait cultiver des betteraves et des carottes à l'abri du vent, les pieds ancrés dans la terre ferme. Depuis quarante-trois ans qu'il bouffait des légumes en conserve, il pourrait enfin les manger frais. Et bien à plat!

Le vieil homme sourit dans sa barbe.

Finis, les petits pois qui roulent dans l'assiette. La sauce qui avance et recule avec la houle. Le café qui danse la java au fond de la tasse. Jonas s'était assez battu contre les vagues. Désormais, il vivrait comme tout le monde. Sur le plancher des vaches!

Il plongea la main dans la poche de sa vareuse, en tira une pomme et s'assit sur la jetée. Pourquoi se presser? Il était en vacances.

En vacances! Il avait du mal à y croire...

Il posa la pomme et le perroquet à côté de lui. En moins de cinq minutes, l'endroit serait couvert de détritus. Il avait l'habitude: Jacob était un oiseau malpropre.

Malpropre et grossier.

Le marin avait adopté le perroquet au Sénégal treize ans plus tôt. Il l'amenait partout. Dans les ports, on les avait surnommés J et J. À la longue, c'était devenu JJ ou, par écrit, Gigi.

Jonas et Jacob, toutefois, n'écrivaient pas beaucoup.

Faire l'éducation de Jacob sur les cargos n'avait pas été facile. Les camarades de Jonas avaient voulu s'en mêler et lui apprendre un mot ou deux chacun. Le vocabulaire du perroquet laissait par conséquent à désirer, et son comportement tout autant. Il ressemblait fort à ceux de son âge dans le genre humain. C'était un adolescent à plumes, mal dégrossi.

Pendant que Jacob livrait bataille à sa pomme, Jonas promenait son regard vers les pontons des voiliers. Il avait rêvé, autrefois, de parcourir le monde à la voile. Un rêve de fou, un rêve d'enfant gâté, alors qu'il n'était qu'un pauvre type fauché. Un galeux, un maudit, un dont personne ne veut.

Il chassa ce mauvais souvenir du revers de la main. Quelle importance, à présent? Il avait fait son chemin sans déranger personne, remportant ici et là ses petites victoires sur la vie. Les voiliers, entre autres, qui lui avaient paru si longtemps inaccessibles. Il avait fini par y monter et par apprendre à les manoeuvrer. Question d'entêtement!

Les jours de congé, Jonas traînait sur les quais. Il troquait ses services contre des sorties sur l'eau. Il repérait toujours un blanc-bec à casquette blanche qui avait besoin d'aide. Pour vidanger l'huile du moteur, réparer une panne, épisser un câble ou graisser un cabestan.

Dans son univers à lui, celui des monstres d'acier qui dégoulinent de rouille et qui puent le mazout, on n'avait pas peur de se salir les mains.

N'empêche, Jonas aimait bien les bateaux de plaisance. Les grands classiques; pas les voiliers modernes. Avec leurs antennes et leurs soucoupes, ils lui faisaient penser à des baignoires téléguidées.

Au fond du port, il avait justement repéré une superbe goélette en bois baptisée *Ultimo Refugio*. Il descendit la rampe et s'engagea sur le ponton où était amarrée cette merveille.

Ah! Quel navire!

Il admirait la beauté de ses lignes, le poli de ses cuivres, quand un bruit similaire à un râclement de gorge lui parvint d'en haut. Il bascula la tête et scruta la mâture en se creusant les méninges. Quel oiseau pouvait bien émettre un son pareil?

À peine le temps de fermer l'oeil, une décharge verdâtre fonçait vers lui. Une sorte de guano visqueux, gélatineux, qui lui épargna le visage d'un millimètre au maximum et atterrit sur son épaule en un flac sourd, définitif.

Nom d'une pipe! On lui avait craché dessus! Il découvrit le coupable perché à dix mètres du sol, dans une échelle de corde. Un type de dix ou onze ans, qu'en son esprit il hésita à qualifier d'enfant. L'attitude provocante du garçon, son sourire satisfait, lui donnaient plutôt l'allure d'un jeune délinquant.

Sans réfléchir, Jonas marmonna quelques mots de mécontentement. Jacob, lui, était moins discret. Il répéta, hurlant à tue-tête:

— Connard!

Chat habile qu'il était, le garçon se propulsa de l'échelle à un hauban, glissa jusqu'au pont et bondit sur le quai. En un éclair, il était posté devant Jonas, les poings sur les hanches.

— Connard toi-même! siffla-t-il entre ses dents, ses yeux noirs et rageurs rivés dans ceux du marin.

Avant que Jonas ait eu la moindre

chance d'ouvrir la bouche, il regrimpait sur le navire. Il s'engouffra dans la cabine, faisant claquer derrière lui deux petites portes en bois verni.

— Sacré numéro! constata Jonas.

Il reconnaissait chez ce jeune rebelle la colère qui avait marqué sa propre enfance. À force de se venger sur les autres des coups portés par son père, il avait abouti en institution pour être ensuite ballotté de famille d'accueil en famille d'accueil. À sa majorité, il avait emprunté le chemin de la solitude et l'avait suivi jusqu'à la mer.

À soixante-cinq ans, il n'avait ni attaches ni patrie. Tout juste se souvenait-il qu'il était originaire du Québec. Au fil des années, le monde avait remplacé son pays. Les équipages étaient devenus sa famille et les cargos, sa maison. Il s'était fabriqué une existence paisible, il n'avait aucune amertume.

Jonas s'assit sur une bitte d'amarrage et patienta. Il espérait que son jeune agresseur ressortirait.

De fait, les portes claquèrent bientôt contre la cabine. Le garçon apparut avec une miche de pain qui, à en juger par l'odeur, était toute fraîche. Le sacripant! Il remonta si vite dans son perchoir que personne ne vit où il était passé. Personne, parmi les cinq individus qui l'avaient suivi dehors avec une minute de décalage.

La troupe comprenait un jeune homme à petites lunettes de broche, une mulâtre que l'on supposait facilement antillaise, et trois enfants d'environ onze, douze ans qui appelaient:

— Robin! Robin!

Ils cherchaient le fuyard dans toutes les directions, sauf en haut. Aucun ne fit attention au marin qui, caché derrière les poils de sa barbe et les plumes de son perroquet, savourait la scène en silence.

Bientôt, la plus jeune se détacha du groupe et lança un ultimatum:

— Robin! Is ut en tesporrap sap el niap tout ed tesui, ej degar at lenouilgre.

Et elle rentra, suivie des quatre autres.

Jonas pouffa de rire. La rapidité avec laquelle cette puce maniait le verlan était tout simplement incroyable! Et quelle autorité! Dès qu'elle eut disparu avec sa bande, le garçon entreprit de descendre.

Rendu sur le pont, il marqua un temps d'arrêt lorsqu'il s'aperçut que Jonas était encore là. Jacob profita incontinent de son

hésitation. Il vola aussi loin que le lui per-
mettaient ses ailes tronquées, soit juste assez pour atteindre le pain. Il y enfonça son
bec sans aucune gêne, et en détacha un
morceau format balle de ping-pong.

— Idiot! tempêta Robin.

Mais Jacob en avait vu d'autres.

— Triple idiot! répliqua-t-il du tac au tac avant de regagner sa place, sur l'épaule de Jonas.

Le garçon esquissa un sourire qu'il dissimula illico.

Jonas, à qui la mascarade n'avait pas échappé, saisit l'occasion par les cheveux et se présenta:

— Lui, c'est Jacob, et moi, Jonas. JJ pour les copains.

— Moi, c'est Robin tout court. J'ai pas de copains.

— Robin des mâts?

— Robin, insista le garçon sans l'ombre d'un sourire.

Et il épela son nom comme le font les aviateurs et les marins dans leurs communications radio: avec des lettres, représentées chacune par un mot.

— Romeo, Oscar, Bravo, India, November, déclina-t-il. Robin!

Jonas siffla d'admiration, imité aussitôt par Jacob qui sifflait bien mieux et bien plus fort que lui.

— Tu connais l'alphabet phonétique? Chapeau!

— Normal! crâna Robin. Je vis en bateau, je parle bateau!

— Évidemment...

— Tu es un marin, n'est-ce pas?

— Qu'est-ce qui te fait penser ça?

— Ton perroquet.

— Touché.

— Tu cherches un embarquement?

— Pas du tout! Je viens de prendre ma retraite; je m'en vais vivre à terre!

— Ah!... conclut froidement Robin.

Et il gagna son bord sans plus discuter. Cette fois, il omit de fermer les portes. Jonas entendit des protestations devant le pain troué, et Robin qui se défendait:

— C'est pas moi, c'est un perroquet!

— Robin! s'indigna l'Antillaise dont il était facile d'identifier l'accent. Ne mens pas!

— Je ne mens pas! Va voir dehors, il est encore là!

Chapitre II
Capitaine demandé

Jonas ne parvenait pas à se raisonner. C'était plus fort que lui, il devait savoir qui était cet enfant sauvage, copie conforme du non-enfant qu'il avait été. Il marcha trois heures d'affilée sans pouvoir se résoudre à louer une chambre. Finalement, il rebroussa chemin et revint au port.

Habitué aux quarts de nuit, il avait peu besoin de sommeil. Il s'adossa à un arbre et dormit à coups de quinze minutes. Un gardien le surprit au lever du soleil, ronflant comme un vieux poêle à bois, la bouche ouverte à avaler toutes les mouches de San Francisco.

Il commençait à lui faire un chapitre sur les vagabonds qui couchent n'importe où mais pas chez lui, quand arriva Robin. Le garçon se plaça entre les deux hommes et prit la défense de Jonas.

— C'est notre invité! On l'a fait dormir dehors parce qu'il ronfle trop fort.

— À l'avenir, vous installerez vos ron-
fleurs sur le pont du bateau, aboya le gardien. Vous ne savez pas qu'il est interdit
de coucher sur la pelouse?

Il pivota sur ses talons et s'éloigna, l'air
enragé.

Robin lui tira la langue qu'il avait aussi
bleue que celle d'une girafe. Content de sa

vengeance, il sortit de sa poche une su-
cette au raisin à moitié rongée et se la
fourra dans la bouche, saletés comprises.

— Cimer coupbeau! lança Jonas au
garçon qui regagnait la goélette sans lui
avoir adressé la parole.

Ça alors! Le vieil homme connaissait
le verlan!

Robin hésita une fraction de seconde,
et puis... non. Il ne se retourna pas. Il re-
joignit son équipage qui, à cette heure,
était en train de préparer le petit-déjeuner.

Jonas repaqueta son baluchon sans hâte.
Il tailla une pomme en morceaux et la
partagea avec Jacob, dos à la goélette.
S'il s'était retourné, il aurait assisté à
un étrange spectacle. Les six membres
d'équipage de l'*Ultimo* s'étaient dispersés
d'un bout à l'autre de la goélette, côté
quai. Chacun l'épiait par un hublot.

À l'intérieur du navire, la discussion
était animée.

— Tu es sûr, Robin?

— Sûr et certain! C'est un marin à la
retraite!

— Il va partir… Qu'est-ce qu'on fait?

Jonas se préparait effectivement à s'en
aller. En se penchant pour ramasser son

bagage, il vit apparaître Robin du coin de l'oeil. Il se releva. Le garçon portait sous le bras une pancarte en carton, dans la bouche, deux grands clous, et à la main, un marteau.

Le marin se rendit compte que Robin allait clouer cette affiche au magnifique mât de bois verni. Horrifié, il ne put s'empêcher de réagir:

— Non! tonna-t-il. Pas là!

Et Jacob, de sa propre initiative, ajouta:

— Tête de lard!

Le garçon figea sur place. Il posa son matériel au pied du mât et rentra.

L'instant d'après, il émergeait sur le pont avec sa bande. Le jeune homme à lunettes se détacha du groupe et se dirigea vers Jonas.

— Les enfants, Mimi et moi, nous... enfin... nous avons remarqué que vous vous intéressiez à notre bateau et nous avons pensé...

Il cherchait ses mots, hésitait.

— Eh bien...

Il opta finalement pour le chemin le plus court:

— Est-ce que vous aimeriez partager notre petit-déjeuner?

Jonas était à la fois surpris, ravi et intimidé. Il pouvait compter sur les doigts de la main les invitations qu'il avait reçues dans toute sa vie.

— Volontiers, seulement... mon perroquet?

— Aucun problème! Il est le bienvenu! Le *Refugio*, comme son nom l'indique, est un lieu d'accueil.

— Connard! poussa Jacob de sa voix nasillarde.

— Désolé! s'excusa Jonas en blêmissant d'embarras. Il est très mal élevé!

Ses hôtes éclatèrent de rire et Jonas reprit ses couleurs. Sans trop s'en apercevoir, il se retrouva attablé devant un café et des brioches, entouré de six personnes qui le bombardaient de questions.

À la première accalmie, il étudia le carré, cet espace du bateau où l'on se réunit pour manger, discuter, flâner. Ce carré-là ne ressemblait à aucun de ceux qu'avait visités Jonas. Des cloisons en bois doré, des lampes en laiton, des livres, des bricolages, de petits souvenirs de voyage accrochés ici et là: le marin venait d'entrer dans une maison.

Une maison comme il n'en avait jamais
eue.

— Ce bateau... c'est un navire-école?

— En quelque sorte, répondit Walter, le
jeune homme à lunettes.

Ses petits élèves avaient été sortis de
familles à risques et placés à l'institut où
il travaillait comme éducateur spécialisé.

Un jour, l'établissement avait reçu en don cette grande goélette dont la direction ne savait vraiment pas quoi faire.

Walter était au courant d'expériences de réhabilitation menées avec des jeunes, sur des bateaux. Parmi les enfants qu'il supervisait, quatre étaient apparentés par l'âge et la langue. C'étaient des francophones, dans le milieu majoritairement anglophone de Vancouver.

Il avait proposé de transformer la goélette en foyer pour ces derniers. D'en faire une école itinérante, un moyen d'exploration et de découverte. Emporté par son enthousiasme, il avait été jusqu'à évoquer la notion de famille reconstituée.

Le directeur l'avait interrompu dans son envolée: «Occupez-vous-en! Trouvez des subventions, débrouillez-vous!»

— Connard! lança Jacob quand Walter eut terminé.

— Décidément, ce perroquet est très mal éduqué, blagua l'Antillaise.

— Comme son maître! Excusez-moi, je ne me suis pas présenté. Je suis Jonas et lui...

— Jacob, firent d'une seule voix les quatre enfants.

— Robin nous l'a dit, expliqua Walter. C'est plutôt à nous de nous excuser. Nous ne nous sommes même pas nommés. Voici Mimi la Martiniquaise. Cuisinière, infirmière, maman à ses heures. Robin et Marianne, jumeaux, onze ans. Claudine, douze ans et Charlie, douze ans pareillement. Comme vous pouvez le constater, les filles grandissent plus vite que les garçons.

— Et pas que physiquement! se glorifia Claudine.

— En stupidité aussi, rétorqua Charlie, trop heureux de lancer une petite flèche empoisonnée.

— Vous voyez, trancha Walter, ce sont de futurs adolescents en parfait état de marche. Tout ce qu'ils peuvent inventer pour se faire enrager, ils l'inventent.

— Et vous, les jumeaux? questionna Jonas. Les plus grands ne sont pas toujours sur votre dos?

— On sait se défendre! protesta la minuscule Marianne. Hein Robin?

Robin ne releva pas le commentaire de sa soeur. Jonas remarqua que le garçon, entouré des siens, avait perdu son air belliqueux. Par contre, il le sentait inquiet et se demandait pourquoi.

— Vous vous plaisez, ici, les enfants?

— Sur le bateau, oui, répondit Charlie. Mais nous en avons assez de San Francisco.

— À cette date, ajouta Claudine, nous devrions être repartis depuis longtemps.

— Qu'est-ce qui vous en empêche?

Les enfants se tournèrent vers Walter.

— Notre skipper nous a fait faux bond, expliqua le jeune homme. Un finissant de l'Institut maritime. Quand il a eu les heures d'entraînement nécessaires pour obtenir son brevet, il est parti. Alors voilà: nous avons besoin d'un autre capitaine. Un qui va rester!

— Sinon?

— Notre projet risque de disparaître et avec lui, la famille que nous avons réussi à recréer. Ces enfants-là ne méritent pas ça. Ils ont été trop malchanceux déjà. Nous avons besoin d'un petit coup de pouce du destin.

Jonas se revoyait, à l'âge de ces enfants. Personne avec qui parler, personne à qui faire confiance. Eux avaient une bonne longueur d'avance. Ils avaient les uns les autres. Ils avaient Walter et Mimi. Ils avaient l'*Ultimo Refugio*. Il ne leur manquait qu'un fil conducteur: un capitaine qui ne les laisserait pas tomber.

Walter était un jeune homme sensible. Il sentit à qui il avait affaire. Il se décida et aborda la question franchement.

Jonas accepterait-il de prendre l'*Ultimo* en charge? C'était un travail permanent, non payé, avec pour seul bénéfice le logement et la nourriture.

— Je suis un simple marin, vous savez!

— Nous n'avons pas besoin d'un capitaine agréé. Nous avons besoin de quelqu'un comme vous.

— Ceva nu quetroper, nu neauan a lereill'o te iuq lepar lanver, ajouta Robin à l'intention évidente de Jonas.

— Avec un perroquet, un anneau à l'oreille et qui parle verlan, traduisit Marianne pour les autres.

Jonas sourit. L'espoir qu'il avait éveillé chez ces jeunes, chez Walter et chez Mimi lui allait droit au coeur. Dans sa vie, il avait été beaucoup commandé et très peu consulté. Il ne s'était jamais senti désiré, encore moins indispensable.

Tous ces jamais, tous ces manques le frappaient soudain comme autant de raisons d'accepter. D'être la chance de ces enfants malchanceux, le petit coup de pouce du destin qu'ils espéraient. Cela impliquait toutefois qu'il renonce à la terre, longuement attendue, pour reprendre la mer. Ce n'était pas une petite décision!

Jonas tritura les poils de sa barbe avant de parler. Il n'était plus très jeune. En forme, certes, mais plus très jeune. Il n'avait aucune expérience avec les enfants...

Robin le dévisageait. À chaque objection du marin, son visage se refermait. Il redevenait le garçon rebelle que Jonas avait aperçu dans le mât. Il paraissait le plus dur de la bande, c'était sans doute le plus fragile.

Depuis quelques instants, Jonas faisait rouler entre ses doigts deux dés qu'il avait pris dans sa poche sans que personne s'en aperçoive. Il avait souvent confié ses décisions au hasard. Dans un geste tout à fait inattendu, il lança les dés sur la table. Un six et un trois.

Vif comme l'éclair, Robin s'en saisit, les brassa et les fit rouler vers Jonas.

— Double six! s'écria-t-il. Je gagne!

Le marin éclata de rire:

— Petit forban, va!

Les dés s'étaient arrêtés sur un deux et un trois.

— Tu gagnes! approuva-t-il.

Chapitre III
L'île des chats

Ils avaient effectué quelques sorties d'essai dans la baie de San Francisco et maintenant, ils se préparaient au grand départ. Ils iraient d'étape en étape vers le Mexique où ils passeraient l'hiver. Ensuite, ils verraient, selon le désir des enfants et leurs différentes sources de financement.

Car ils ne vivaient pas de l'air du temps. Et ils travaillaient très dur. En beau navire classique qu'il était, l'*Ultimo* exigeait beaucoup de soins. Les enfants participaient à toutes les tâches. Il y avait aussi l'école qui occupait une bonne partie de leurs journées.

Mais Jonas leur avait promis qu'en voyage, ils s'amuseraient! Il en avait envie autant qu'eux. Il revivait l'enfance qu'il n'avait pas eue et cela remplaçait avantageusement le potager qu'il n'aurait pas.

Le capitaine avait déployé la carte sur la table de navigation et traçait la route sous l'oeil attentif de ses élèves équipiers. Deux cents milles nautiques jusqu'à Catalina Island, au large de Los Angeles. Un jour et une nuit en mer, un trajet taillé sur mesure pour de jeunes apprentis.

— Et vous savez quoi? fit-il en pointant du doigt le petit cercle où aboutissaient ses lignes. Il paraît qu'il y a un trésor, enfoui dans cette île.

— Un trésor! s'exclama Marianne. Nous allons le trouver?

— Tu parles! ironisa Charlie. Si près de la côte américaine! Ça doit faire long-

temps qu'il a été déterré. À condition qu'il ait vraiment existé...

— C'est en tout cas ce qu'on raconte. À l'époque où la Californie appartenait encore au Mexique, les plus grands pirates de l'histoire ont navigué par ici. Tenez!

Il étala une deuxième carte montrant le sud de la Californie et le nord-ouest du Mexique jusqu'à Cabo San Lucas.

— Vous voyez cette grande bande de terre? C'est Baja California. Cette province est séparée du reste du Mexique par la mer de Cortez. Le golfe de Californie, si vous préférez. Eh bien, les pirates anglais, sir Francis Drake entre autres, y attendaient les bateaux espagnols qui arrivaient de Manille chargés d'or, de pierres précieuses et de soie. Ils les attaquaient et volaient leur cargaison. Juste ici.

Jonas encercla à la mine une ville située à l'extrémité d'une baie très longue. La Paz.

— Les pirates connaissaient parfaitement la région. Ils savaient qu'au fond de cette baie, souffle parfois un vent violent appelé *el corumel*. Avec ce vent, impossible de quitter La Paz. On est prisonnier.

— Mais *Jaunasse*, demanda Mimi avec son accent antillais si charmant, pourquoi est-ce que les Espagnols se fourraient dans un pareil cul-de-sac avec leurs trésors?

— Ils venaient de passer des mois en mer. Ils avaient besoin d'eau et de nourriture pour atteindre leur destination, Acapulco. Dans ce temps-là, il n'y avait pas de radio pour les prévenir du danger. Ils se jetaient dans le piège les yeux fermés.

— Idiots! lança Jacob.

Quand il y avait une pause dans la conversation, le perroquet jugeait que c'était à son tour de parler. Il sortait un échantillon de son riche vocabulaire, presque forcément une insulte. Curieusement, le commentaire tombait souvent à point. En tout cas il faisait rire, et Jonas en remettait.

— Triples idiots! Macaques! Corniauds!

Fier de l'effet produit, Jacob poursuivit, sur la même lancée:

— Rrrrr Robin!

C'était la première fois que le perroquet prononçait ce mot et tous s'en extasièrent. Du coup, chacun lui répéta son nom à quinze reprises au moins pour le lui faire

40

dire, mais c'était peine perdue. Le disque de Jacob restait bloqué sur «rrrrr Robin».

Jonas dut intervenir:

— Allons, les enfants! Nous avons encore pas mal de pain sur la planche!

— Et le trésor? s'inquiéta Marianne.

— Nous aurons amplement l'occasion d'en reparler! Et s'il existe, ajouta-t-il à l'intention de la petite qui le fixait de ses grands yeux noirs à la fois volontaires et inquiets, nous mettrons la main dessus!

* * *

Le soleil se couche tôt en octobre. Le Golden Gate n'était pas si loin derrière lorsque l'*Ultimo* fut enveloppé par l'obscurité. Des centaines de lumières dessinaient la courbe du grand pont, telle une guirlande suspendue dans le vide.

— Que c'est beau! soupira Claudine.

Elle était calée entre Charlie et Walter, sur le banc tribord du cockpit. Sa chevelure en crinière de lion dessinait autour de son visage, plongé dans l'ombre, une auréole sombre.

Les yeux de tous s'étaient habitués progressivement à la noirceur, mais les traits

de chacun avaient été gommés par la nuit. Ne subsistaient que des contours, sept formes imprécises tassées à l'arrière de la goélette.

À l'intérieur, seule une petite ampoule rouge, placée au-dessus de la table à cartes, était allumée. Il fallait protéger sa vision nocturne pour pouvoir surveiller la route. Le mouvement des cargos, entre autres, qui dans ces parages circulent en grand nombre.

— Marianne! chuchota Mimi. Tu devrais descendre te coucher. Tu dors!

— Mais non! protesta Marianne en se secouant. Je fermais les yeux parce que ça picote. Il fait tellement noir!

— Tu ferais bien de te reposer maintenant, renchérit Jonas. Autrement, tu ne tiendras pas le coup quand ce sera ton tour de veiller!

Jonas avait organisé les quarts de nuit par groupes de trois: deux enfants et un adulte. Lui, s'était attribué un plus grand nombre d'heures et même pendant ses périodes de repos, il ne dormait que d'un oeil. Il n'y avait pourtant rien à craindre!

Le vent soufflait dans la bonne direction, à vingt noeuds, une vitesse idéale pour la grande goélette. Les vagues ne dépassaient pas deux mètres et leur mouvement était régulier. Des conditions parfaites. Cependant, Jonas se découvrait une âme de capitaine poule. S'il avait fallu qu'un des enfants tombe à l'eau ou se blesse en mer, il ne se le serait jamais pardonné.

Il ne se détendit complètement qu'en repérant l'entrée de la baie dans laquelle ils avaient prévu ancrer le bateau.

Catalina était apparue à l'horizon trois heures plus tôt et avait grandi petit à petit. À présent, elle était tout près. Les enfants trépignaient d'impatience sur le pont, pressés de courir sur cette île dont l'odeur portait jusqu'à eux.

Pourtant, les fleurs n'abondaient pas à Catalina. C'était une île aride, annonçant les paysages désertiques de Baja California. Un sol ocre et caillouteux, des buissons chétifs, quelques arbres timides: un vrai décor de film western.

— Au boulot, les cow-boys! ordonna Jonas.

Les jeunes ne se firent pas prier pour mettre la chaloupe à l'eau. Ni pour ramer. En moins de deux, l'équipage était à terre et se dispersait dans la nature.

— Rendez-vous ici à dix-huit heures! cria Jonas.

— Huit heures! hurla Jacob à son tour.

— Tais-toi, corniaud! Tu vas semer la confusion!

— Corrrrniaud? Corrrrniaud?

— Essaie plutôt ceci: Marianne. Répète: Marianne.

— Rrrr Robin.

— Tête de lard! soupira Jonas, découragé.

Mimi et Walter se dirigèrent vers le village où ils voulaient acheter du pain frais. Jonas choisit, lui, de grimper dans les collines. De là-haut, on apercevait l'*Ultimo* flottant sur une eau verte et claire, que rien ne troublait. Le vent était tombé peu avant l'arrivée. Il n'y avait pas à s'inquiéter pour le mouillage, la nuit serait calme.

Rassuré, il se mit en marche vers l'intérieur de l'île. Où des pirates auraient-ils pu cacher un trésor? Il fallait des points de repère évidents. Un arbre, un amoncellement de pierres, une haie, une croix, un rocher: quelque chose de vraiment caractéristique. Il explora longtemps, faillit presque oublier l'heure. Il dut presser le pas pour rentrer.

— Cornichon! braillait Jacob qui peinait pour se maintenir sur l'épaule de Jonas. Corniaud!

Ils gagnèrent le lieu de rendez-vous dix minutes après les autres. Les enfants les accueillirent bruyamment, les chahutant à qui mieux mieux pour souligner leur retard. Excité par ce tapage, Jacob en profita pour se donner en spectacle. Il s'envola, se posa sur l'épaule de Robin et gueula à tue-tête:

— Marianne!

Chapitre IV
Lady Cavendish

Ils avaient des têtes d'enterrement ce matin, tous les quatre. Walter ne leur avait pas permis de suivre Jonas et Mimi à terre. L'école, alors qu'ils espéraient partir à la conquête du trésor. Marre, de l'école!

— Soyez raisonnables, les enfants! Vous n'avez rien fait depuis trois jours!

— Justement, on a perdu l'habitude! plaida Robin.

— Ça reviendra vite, ne t'en fais pas. J'y veillerai! Une feuille, un crayon: c'est l'heure de la composition. À vos marques, prêts, partez!

— Ici? demandait l'Antillaise à cet instant précis.

Elle arpentait la plage depuis une bonne demi-heure avec Jonas, en quête de l'endroit idéal pour établir un campement.

— Ces deux troncs-là nous serviront de bancs, répondit Jonas. L'autre est trop pourri.

— Est-ce qu'il y a assez de bois pour monter un feu?

— Il y en a plein, sur la plage. Suffit de faire une corvée.

— Quelle bonne idée tu as eue, *Jaunasse*! Les enfants seront ravis!

— Je n'ai pas beaucoup de mérite! Tous les enfants aiment le camping et les feux de camp.

— Et les chasses au trésor! Tu penses vraiment qu'il y a quelque chose à découvrir?

— Il y a toujours quelque chose à découvrir, Mimi. Même quand on ne trouve rien.

Intriguée, Mimi jeta un coup d'oeil interrogateur à Jonas. Il haussa les épaules et entreprit de ramasser les branches qui traînaient dans les environs. Elle s'y mit à son tour.

— À ce rythme, souligna-t-elle au bout d'une heure, les enfants n'auront plus rien à faire, samedi.

Elle consulta sa montre:

— On ferait bien de rentrer, d'ailleurs. Je dois préparer le repas.

Jonas acquiesça et lui emboîta le pas sur le sentier conduisant au débarcadère où ils avaient amarré la chaloupe. Au dernier moment, il se ravisa:

— Rentre, moi j'ai affaire au village. Vous viendrez me prendre après l'école!

Et il partit d'un pas alerte en sifflant.

* * *

Les samedis ne sont pas assez nombreux, ils n'arrivent jamais assez vite et passent trop rapidement. C'est bien connu. Pourtant, ce samedi-là ne se fit pas beaucoup attendre. Walter avait remis au programme les sorties qu'il avait dû supprimer à San Francisco par manque de nature.

Chaque journée se terminait par une leçon de sciences en plein air. Chasse aux insectes, balade sur la plage ou dans les collines, collecte de coquillages et de plantes: le temps filait à la vitesse de l'éclair.

Jonas suivait l'horaire de ses équipiers. Quand eux rentraient en classe, lui s'en allait à terre avec Jacob. Ils revenaient pour le repas de midi. Ils repartaient après la pause, et rejoignaient les enfants à la fin du dernier cours, sur la plage.

Personne ne savait ce qu'ils faisaient. En revanche, le projet de camping avait été annoncé et générait beaucoup d'excitation.

À dix heures, samedi matin, tout était prêt. Ils transbordèrent leur matériel à terre et dressèrent deux tentes.

— Une pour les filles et une pour les garçons, décréta Claudine.

— Non! Une pour les jeunes, une pour les vieux! protesta Marianne.

— Ah non! répliqua Claudine. Charlie ne va pas arrêter de nous embêter. En plus, il pue des pieds!

— Et toi, donc! Tu ne t'es pas senti les dessous de bras!

— Charlie! intervint Walter. Ça suffit!

— C'est elle qui a commencé, pas moi!

— Et toi, pas plus malin, tu continues... Bon... je vais trancher, moi! Les filles d'un côté, les garçons de l'autre. Et j'espère que vous dormirez!

— Le plus tard possible! s'exclamèrent Claudine et Charlie, dont les querelles mouraient aussi vite qu'elles naissaient, surtout dans la perspective d'un événement joyeux.

Ils se promettaient une soirée du tonnerre. Un brasier énorme et interminable,

52

se terminant tout de même sur un immense lit de braises pour faire griller des tonnes de guimauves.

— Et le trésor? Quelqu'un m'aidera bien à le chercher? glissa Jonas entre deux cailloux.

Il transportait de grosses pierres qu'il plaçait en cercle pour circonscrire l'emplacement du feu.

— Tu y crois vraiment? fit Charlie, sceptique.

— Sais-tu où j'ai passé la semaine? À la bibliothèque du village. Et savez-vous ce que j'ai découvert? demanda-t-il en s'adressant aux autres. Une chose extraordinaire!

— Quoi? s'écria Marianne dont les yeux se mettaient à pétiller dès qu'il y avait du mystère dans l'air.

Jonas tira de son sac à dos un petit bouquin jauni, tout racorni.

— *La mer de Cortez aux mains des pirates*, lut-il. J'ai versé une caution de deux cents dollars pour l'emprunter. C'est un livre très rare qui date de 1803.

— Étonnant de dénicher un ouvrage d'une telle valeur dans un endroit si isolé, fit remarquer Charlie, non sans ironie.

— Très juste, mon ami. Ça devrait te mettre la puce à l'oreille!

— Quelle puce? trépigna Marianne.

— Si cet ouvrage a abouti ici, c'est que quelqu'un l'y a apporté. Quelqu'un qui se passionnait également pour le sujet.

— Un habitant de l'île?

— Excellente question, Robin. Je me la suis posée et j'ai scruté les archives de la bibliothèque pour savoir d'où provenait le bouquin.

— Et alors? demanda Claudine.

— Le livre a été légué à la municipalité par la succession d'une certaine lady

Cavendish, morte alors qu'elle séjournait à Catalina, en 1958.

— Morte... comment? reprit Claudine, grande dévoreuse de romans policiers.

— Empoisonnement alimentaire. Elle a mangé des fruits de mer auxquels elle était allergique.

— Tu as appris tout ça dans les archives? s'étonna Walter.

— Oui! Pour la simple et unique raison que les livres ayant appartenu à lady Cavendish ont servi de fonds à l'ouverture de la bibliothèque et que la municipalité a constitué un dossier complet sur l'événement.

— Cette lady Cavendish était une Américaine?

— Non: une Anglaise. Descendante, possiblement, de sir Thomas Cavendish qui écumait la mer de Cortez à la même époque que Francis Drake. Que penses-tu de ça, Charlie?

— Je pense que cette dame voyageait avec beaucoup de livres. Sa famille n'a pas voulu les récupérer?

— Ni son corps ni ses bagages n'ont été ramenés en Angleterre. Un lointain parent américain est venu s'occuper des for-

malités et distribuer ses affaires. Je n'en sais pas plus.

— La famille était peut-être fauchée? suggéra Robin. Ça doit coûter cher de rapatrier un corps outre-Atlantique et ça ne sert pas à grand-chose.

— Ou cette dame était une aventurière et sa famille n'approuvait pas son mode de vie, supposa Claudine. Elle était vieille?

— Trente ans.

— Trente ans! s'exclama Mimi. Ton âge, Walter. Tu te rends compte?

Oui, Walter se rendait compte. Il se rendait surtout compte que Jonas était en train de réussir un beau doublé: intéresser les enfants à l'histoire et à la fiction. Car dans son esprit, il ne faisait aucun doute que le vieux marin était en train de les mener en bateau.

Le professeur décida de battre le fer pendant qu'il était chaud.

— Captivant, tout ça! Si on se tirait une bûche et qu'on invitait Jonas à nous raconter ce qu'il sait?

— Bonne idée! approuvèrent les enfants.

— Bien, dit Jonas quand son monde eut fini de s'installer. Par où commence-t-on?

— Par le début, répondit tout bonnement Walter. La présence des Espagnols en Amérique...

Chapitre V
L'avocat du diable

Jonas n'avait pas usé ses fonds de culotte sur les bancs d'école. En revanche, il avait mis à profit sa vie solitaire et ses longues heures de veille. Il avait beaucoup lu. En quelques phrases, il fit parcourir plusieurs siècles aux enfants et les amena jusque dans la mer de Cortez, avec les conquistadores espagnols et les pirates anglais.

— Thomas Cavendish est né quatorze ans après Drake et il est mort un peu avant. C'était un grand navigateur. Il a été le troisième, après Magellan et Drake, à effectuer le tour du monde.

— Dans ce cas, pourquoi le qualifier de pirate?

— Oh! tu sais, Marianne, il y avait toutes sortes de pirates. Des bons autant que des mauvais.

— Des bons pirates?

— Des pirates «légitimes», mettons. Ceux-là, on les appelait les corsaires. Ils

rançonnaient les vaisseaux des pays ennemis pour le bénéfice de leur propre pays.

— Et les autres?

— Ils travaillaient à leur compte.

— Drake et Cavendish, c'étaient des
bons? questionna Robin.

— L'Espagne te dirait non, puisque ses
bateaux étaient constamment attaqués par
eux, mais l'Angleterre, oui. À coup sûr!
Ils ont rapporté beaucoup de richesses à
la Couronne.

— Ils ont fait plus, souligna Walter. Ils
ont découvert des terres et défendu leur
pays.

— Drake a en effet été sacré chevalier
par la reine Elisabeth Ire, ajouta Jonas.
Pour ses bons et loyaux services!

— Et Cavendish, lui?

— Un peu moins chanceux. Il est mort
à trente-sept ans en effectuant un deuxième
tour du monde.

— Après avoir abandonné un trésor à
Catalina? railla Charlie.

— Pas exactement. Son plus gros coup,
il l'a fait au large de Cabo San Lucas.
Vous vous rappelez la carte? C'est la petite ville située tout au bout de Baja California.

— À l'entrée de la mer de Cortez, précisa Walter.

— En 1587, il a arraisonné à cet endroit un galion espagnol rempli d'or. Le *Santa Ana*. Il s'est emparé de sa cargaison, a fait descendre l'équipage à terre et a mis le feu au bateau. Il a réparti le trésor entre les deux navires placés sous son commandement, le *Desire* et le *Content*, et ensuite, cap sur l'Angleterre.

— Et Catalina dans tout ça? fit Marianne, déçue que le trésor s'éloigne.

— Le *Content*, à bord duquel était monté Cavendish, a bel et bien atterri en Angleterre. Le *Desire*, non. Cavendish l'avait perdu de vue dès la première nuit. Il s'est figuré que l'équipage avait sabordé le navire près d'une île de la région pour garder le trésor.

— Il a pu couler, suggéra Robin.

— Couler? Non. Il ne faisait pas mauvais, le navire était en bon état et aucun récif dangereux n'affleure dans les environs.

— Il s'est peut-être fait attaquer par un autre galion espagnol?

— Dans ce cas, Cavendish se serait fait attaquer lui aussi. N'oubliez pas qu'il transportait l'autre moitié du trésor!

— Tu crois que l'équipage du *Desire* aurait pu remonter jusqu'à Catalina? s'enquit Marianne qui sentait l'espoir revenir.

— Ce que je crois, moi, n'a pas beaucoup d'importance. Par contre, l'auteur de ce petit livre (il brandit son précieux bouquin devant les enfants suspendus à ses lèvres) en est convaincu. À cause des chats.

— Les chats? s'écrièrent simultanément les quatre mousses. Quels chats?

— L'île est couverte de chats noirs d'origine espagnole.

— Nous ne les avons jamais vus!

— Moi non plus. Les habitants de l'île m'ont assuré qu'ils sortent uniquement la nuit.

— Ouuu! frissonna Mimi. Je n'aime pas les chats noirs. Surtout pas si je les rencontre la nuit!

— Serais-tu superstitieuse?

— Terriblement! avoua Mimi sans honte. Au fait, les Anglais aussi étaient superstitieux. Ils n'emmenaient certainement pas de chats sur leurs bateaux. Il paraît que ça porte malheur.

— Erreur, Mimi.

Et Jonas agita de nouveau le livre jauni pour indiquer la provenance de ses informations.

— En Angleterre, les gens n'avaient pas du tout les mêmes superstitions qu'en France. Les Anglais étaient convaincus qu'un chat noir sur un bateau porte bonheur. Deux chats, au contraire: malchance assurée.

— Ils en emmenaient?

— Assurément! À cause des rats! Ces bestioles étaient un véritable danger. Elles se multipliaient et grugeaient les bordés, au point de faire couler un navire.

— Ils en emmenaient un, dans ce cas, argumenta Charlie. Pas deux! En supposant que les matelots du *Desire* aient atterri à Catalina, comment le chat se serait-il reproduit? Est-ce que l'île était habitée en 1587?

— Apparemment, non. Ni homme ni bête. Souvenons-nous toutefois que Cavendish commandait deux navires. Le chat du *Content* a pu se faufiler sur le *Desire* quand ils y ont transféré la deuxième moitié du trésor. Surtout, comme le suppose l'auteur... (il tapota le petit livre), si c'était une chatte!

Jonas éclata d'un grand rire frais, communicatif. Les enfants se levèrent d'un seul mouvement. Ils avaient des fourmis dans les jambes. Ils se dégourdirent en sautillant sur place. Des petits de maternelle que l'institutrice force à se dépenser avant de reprendre la lecture.

Au grand émerveillement de Walter, ils ne s'éloignèrent pas. Ils étaient vraiment ensorcelés!

— Si on se mettait à la place des déserteurs? proposa Jonas. Si on essayait de voir Catalina avec leurs yeux?

— Si on s'imprégnait des lieux, tu veux dire? renchérit savamment Robin.

Lui, d'habitude si distrait en classe, se rappelait avec précision les mots utilisés par Walter au dernier cours de rédaction. Et il en était fier. Un petit sourire orgueilleux lui retroussait les babines vers le haut.

— Très bien! approuva Jonas en riant.

Il lui ébouriffa les cheveux, ce qui eut pour effet de les remettre en ordre. Robin avait toujours les cheveux en pagaille.

— J'ai ici une carte détaillée de Catalina, reprit le capitaine. L'île n'est pas grande; on peut facilement l'explorer en une fin de semaine.

De nouveau, Charlie se fit l'avocat du diable:

— Lady Cavendish a donc eu tout le loisir de fouiner partout, puisque d'après ce que tu nous as raconté, elle a habité ici quelque temps.

— J'ai parlé d'un séjour: je n'ai pas précisé sa durée!

— Et ses livres? On ne s'installe pas quelque part avec un pareil stock de bouquins à moins d'avoir l'intention de rester un peu!

— L'intention! répéta Jonas en appuyant sur chaque syllabe. Lady Cavendish est morte une semaine après son arrivée...

Chapitre VI
La nuit, tous les chats sont gris

Les recherches qu'ils avaient effectuées dans la partie ouest de l'île, sur les indications de Jonas, n'avaient rien donné. Amusant, néanmoins, de suivre un plan avec une boussole et d'identifier des points de repère. Ils ne s'étaient pas ennuyés une seconde. Aucun d'eux n'avait même songé à être déçu.

À présent, ils étaient affalés autour du grand feu, crevés. À se demander s'ils auraient jamais le courage de se relever pour faire griller ne fût-ce qu'une guimauve.

— *Jaunasse*! chuchota soudain Mimi. Les chats!

L'Antillaise désigna un buisson, du côté des collines, à la limite du cercle éclairé par le feu de camp.

Quatre chats plutôt jeunes, à en juger par leur taille, étaient assis sur leur derrière et les observaient. Ils étaient

ravissants, avec leurs oreilles pointues et
leurs yeux qui brillaient dans le noir.

Le coeur de Claudine se mit instanta-
nément à fondre. Elle siffla doucement.
Les chats ne bougèrent pas. Ils ne vinrent
pas vers elle, mais ils ne s'enfuirent pas
non plus. De l'espoir!

Elle siffla un peu plus fort.

Cette fois, un chaton s'aventura de quelques pas dans sa direction.

— Oh mon Dieu! s'exclama Mimi à voix basse. Il y en a une armée!

L'Antillaise, qui était la seule à en avoir peur, apercevait les chats avant les six autres. Les petites bêtes sortaient de partout! De chaque talus, de chaque buisson, de derrière chaque grosse pierre. Enfin! Quand cela s'arrêterait-il? Elle aurait voulu se désintégrer et se téléporter ailleurs. Loin. Très loin!

— Chez nous, on les associe au diable! murmura-t-elle. C'est idiot, je sais, et d'ailleurs je ne crois pas au diable, mais

c'est plus fort que moi. Les chats noirs me terrorisent.

— La nuit, Mimi, tous les chats sont gris, blagua Walter pour la détendre. Regarde: ils sont si mignons! Complètement inoffensifs!

Il allongea le bras et souleva une petite boule de poil qui avait osé se rendre jusqu'à ses pieds. Il caressa le minet quelques secondes en silence et...

— Aaaaaatchou!

Il renifla.

— Zut! J'étais persuadé que cette allergie était guérie!

— En tout cas, tu n'éternueras plus ce soir, soupira Marianne. Tu les as fait fuir du premier au dernier!

— Excusez-moi! Je suis désolé!

Mimi s'empressa de le rassurer:

— Ne t'excuse pas, Walter. Personnellement, je me sens beaucoup mieux.

— Tu viens de me donner une idée, enchaîna Jonas en se levant.

— Si je peux vous être utile, mon capitaine...

— Tu le seras demain! As-tu apporté des mouchoirs?

Jonas refusa de révéler son plan et alla

se coucher, encourageant les autres à en faire autant.

— Nous partirons très tôt; avant que le soleil tape. Ce sera beaucoup moins fatigant!

Le lendemain, branle-bas de combat à six heures, malgré les protestations de Mimi.

— Zut, *Jaunasse*! Il n'y a qu'un dimanche par semaine!

— Il y a cinquante-deux dimanches par année. Hop! Hop! Du courage! Il faut servir d'exemple aux petits!

Les petits! Il en avait de bonnes, le capitaine! Claudine, Charlie, Marianne et Robin étaient sur le pied de guerre longtemps avant qu'elle mette le nez dehors. Elle faillit se recoucher et puis bof, tant pis. Elle était réveillée à présent.

Ils se déployèrent dans les collines, vers l'est, par groupes de deux. Jonas était persuadé que les chats détenaient la clé du mystère. Personne, sur l'île, ne savait où ils se terraient. Et personne ne voulait le savoir.

Les chats faisaient partie de ces légendes que l'on répugne à détruire. Sans compter qu'ils contribuaient à l'économie locale. Les touristes venaient à Catalina principalement à cause d'eux. Pour les voir deux minutes, à l'heure du feu de camp.

Grâce à l'allergie du professeur, ils les dépisteraient. Le capitaine en avait convaincu son équipage.

Pauvre Walter! On entendit ses éternuements aux quatre coins de l'île, trois heures et dix-sept minutes après le départ. Une cascade d'éternuements!

C'est qu'il y en avait, des chats, dans cette tanière! Des dizaines et des dizaines, tous extraordinairement ressemblants. Mimi se retint de prendre ses jambes à son cou et de redescendre à la plage.

Penchés au-dessus de l'ouverture d'une fosse qui s'allongeait en forme d'outre géante, les enfants se taisaient, surpris et émerveillés. Quel beau tapis de fourrure, cette masse de chats!

Ce fut Walter qui, les yeux gonflés et rougis, la goutte au nez, rompit leur silence.

— Et ensuite, capitaine? Qu'est-ce qu'on fait?

— On compare les lieux avec un dessin griffonné à la main à la fin du livre. Regardez.

La page de garde arrière et l'intérieur de la couverture étaient couverts d'une esquisse à la mine représentant un paysage.

— Vous voyez cette grande tache sombre? demanda Jonas. Qu'est-ce que c'est, d'après vous?

— Un étang, déclara Charlie avec une parfaite assurance.

— Voilà ce que j'ai pensé, moi aussi. Or il n'y a aucun étang sur l'île. J'ai donc cru que lady Cavendish s'était amusée à dessiner un paysage quelconque. Un coin de son pays. Ou un souvenir de voyage. J'ai même imaginé qu'elle n'en était pas l'auteure. Vu son âge, ce livre a forcément appartenu à quelqu'un d'autre avant elle. Alors je n'ai pas cherché plus loin.

— Tu as changé d'avis? renifla Walter.

— J'ai une autre hypothèse.

— Quoi? Quoi? s'impatienta Marianne.

— Que vois-tu ici?

Jonas pointa, sur le papier, un trait sombre, tordu, s'évasant vers le haut.

— Hum... un arbre?

— Très bien. Et là?

Il désigna un ensemble de cercles superposés, grossièrement ébauchés.

— Une montagne? Un tas de roches?

— Et les lignes courbes, derrière, elles ne vous rappellent pas ces collines?

Il étendit le bras vers l'horizon.

Les enfants relevèrent la tête et exa-minèrent le décor qui les entourait. Les

collines au loin, un arbre à gauche, et au centre, à trois mètres environ, un tas de roches. La fosse se creusait à droite, là où, sur le dessin, figurait l'étang.

— D'après moi, il pourrait s'agir des chats tels qu'ils nous sont apparus à l'instant, conclut Jonas. Une grande tache noire.

— Fichtre! s'étonna Charlie. Est-ce que tout ça pourrait être vrai?

— Fouillons, nous verrons bien!

— Fouiller... où? s'inquiéta Robin devant l'ampleur de la tâche.

— Les pirates n'enterraient certainement pas leurs trésors en plein milieu d'un champ, nota Walter. Autrement, comment auraient-ils fait pour les retrouver?

— Ça élimine pas mal de mètres carrés, fit Robin soulagé. En fait, il ne reste que le tas de roches, l'arbre et la grotte.

— La grotte! s'écria Mimi, paniquée. Je vous préviens tout de suite, ne comptez pas sur moi!

— Ne t'inquiète pas, rigola Jonas, il faudrait d'abord faire sortir les chats. À moins de venir la nuit quand ils partent en vadrouille...

— Oui! Oui! clamèrent les enfants qui s'imaginaient en spéléologues, lampe au front et câblot à l'épaule.

— Si on cherchait d'abord sous l'arbre ou le tas de pierres? suggéra Mimi qui ne s'imaginait pas du tout, elle, dans la grotte; avec ou sans chats!

Chapitre VII
Faites sauter la barrique!

— L'arbre? bougonna Charlie qui n'était pas d'accord avec la proposition de Marianne et de Robin.

Les jumeaux voulaient amorcer les fouilles de ce côté. Lui, s'y opposait.

— Vous n'êtes pas sérieux! Le sol est aussi dur que de la roche! Il nous faudrait des pics, des pelles, des... des je ne sais pas, moi. Quelque chose pour creuser!

— J'ai ça! annonça joyeusement Jonas qui se trimbalait depuis l'aube avec une poche à l'épaule.

Pour l'instant, il l'avait posée par terre. Il l'ouvrit et étala à ses pieds toute une panoplie d'outils.

— Décidément, tu étais bien préparé! constata Walter qui ne savait plus ce qu'il devait penser.

Jonas avait-il inventé cette histoire de A à Z, simplement pour amuser les enfants?

À moins qu'il n'ait véritablement existé un trésor à Catalina? Possible...

Les faits historiques concordaient, en tout cas. Et les pirates étaient réputés pour avoir caché partout dans le monde des trésors qui ne leur servaient pas à grand-chose en matière de survie. Coincés à Catalina, comme les mutinés du *Bounty* à Pitcairn, qu'auraient-ils fait avec leur or?

Il était vraisemblable que ces hommes aient sabordé leur bateau ainsi que l'avait supposé lady Cavendish. Après avoir volé aux Anglais une cargaison subtilisée aux Espagnols, ils avaient doublé le nombre de leurs ennemis!

L'attrait de la richesse devait griser les marins au point de leur faire oublier l'essentiel. Comment survivre sur une île aride? Et surtout, comment s'en échapper? À Catalina, il n'y avait même pas de quoi bâtir un radeau!

Le voilà à présent qui se passionnait pour cette aventure. Jonas avait réussi à le contaminer!

Il sourit, s'empara d'un pic et s'attaqua au terrain avec une énergie surprenante.

— Eh bien quoi? fit-il au bout d'un moment.

Les enfants l'avaient regardé jongler devant les outils, marmonner et partir à l'assaut du trésor sans broncher. Quelle fièvre venait de s'emparer de leur professeur? Il était si posé, d'habitude!

— Je ne vais quand même pas faire le travail tout seul! se plaignit-il en constatant que personne ne bougeait.

Ils éclatèrent de rire devant sa mine de forçat. Il avait encore les yeux rouges, et la morve lui pendait au bout du nez, conséquence de son allergie.

— Il ne te manque que la camisole rayée, blagua Charlie.

— Vous ne perdez rien pour attendre! gronda Walter, simulant d'être offensé. Quand je serai riche, c'est vous tous qui jouerez du pic et de la pelle. Dans le jardin de MON château!

Feignant l'horreur, les enfants se jetèrent sur les outils. Ils en choisirent un chacun, en fonction de leur force, de leur taille ou de leur conviction.

— Marianne! s'exclama Mimi. Cette pelle est plus lourde que toi!

La petite la mania néanmoins une bonne heure durant, avant de déclarer forfait.

— Bon! Il est temps d'aller manger! décréta Jonas vers onze heures et demie. Nous reviendrons quand le soleil aura descendu un peu.

— Qui se baigne? cria Walter.

Les cours se terminaient toujours sur cette phrase. Les enfants abandonnaient leurs livres et se précipitaient sur le pont, essayant de battre leur professeur de vitesse. Ce n'était pas juste, il était invariablement le premier à plonger. Il avait les jambes les plus longues et surtout, lui seul savait quand sonnerait la cloche.

Aujourd'hui, Walter ne gagnerait pas! Ils se lancèrent dans une course effrénée jusqu'à la plage, l'abandonnant derrière, tout essoufflé.

— Qu'est-ce qu'on mange? demandèrent-ils en choeur, au retour de la baignade.

Mimi s'affairait à préparer du poisson.

— Des croquettes! plaisanta-t-elle en leur décochant un clin d'oeil.

Jonas n'était pas un homme difficile. Il mangeait de tout. Sauf des croquettes. On lui en avait tellement servi, dans sa vie, qu'il ne pouvait plus en voir une sans que lui prenne l'envie de vomir. Croquettes de poulet, croquettes de patates, croquettes de poisson, croquettes de dinde.

Les cuisiniers des cargos semblaient avoir tous appris à la même école l'art d'apprêter les restes.

De cette horreur lui venait le surnom de capitaine Croquette.

— Et pour dessert?

— De la glace au chocolat.

Les enfants s'indignèrent, mi-rieurs, mi-sérieux, de cette mauvaise plaisanterie. Elle savait, Mimi, combien ils avaient envie de glace! S'il leur manquait une chose, à bord, c'était bien celle-là. Pourquoi remuer le fer dans la plaie? Méchante!

— Où est Jonas? s'inquiéta Robin.

— Il devait faire un saut au village. Il a dit de ne pas l'attendre. Ne vous en faites pas, je lui garde une assiette au chaud. Bon appétit!

Les enfants avalaient leur dernière bouchée quand Jonas arriva au pas de course, suant toute l'eau de son corps sous le soleil torride. Il posa devant eux un sac d'épicerie qui s'affala sur la table, révélant d'un coup son contenu. De la crème glacée au chocolat!

Il n'en fallait pas davantage pour regonfler d'énergie les chercheurs d'or. Jonas dut user de son autorité pour les retenir. Sans lui, ils auraient couru aux fouilles dès la glace ingurgitée, malgré la chaleur encore insupportable. Ils se reposèrent à l'ombre et repartirent à quinze heures.

— En marchant, petits corsaires! les enjoignit Jonas. Ordre de capitaine Croquette!

* * *

Près de l'arbre, à un mètre cinquante sous terre, ils déterrèrent une cuiller en argent fort ancienne, et des tessons de bouteille. Cette découverte les requinqua. Ils creusèrent de plus belle.

Deux mètres de profondeur: rien de plus. Ils décidèrent d'abandonner provisoirement l'arbre pour fouiller le tas de roches. Ça changerait le mal de place!

Au moment où le soleil déclinait, Charlie et Robin aperçurent, parmi les cailloux, une bande de métal rouillé. En dégageant davantage, ils découvrirent que le cerceau provenait d'un tonneau en bois. Comme ceux qui servaient à transporter la viande salée sur les navires d'autrefois!

Appelés au secours, les autres aidèrent à transporter le fût sur une surface plane. Il était lourd, ce tonneau! Lourd! Et chaque pas faisait tinter son contenu, à la manière de doublons d'or qui s'entrechoquent. C'est donc dans une excitation proche du délire que Jonas, à la requête de tous, fit sauter le couvercle.

Ils se penchèrent tous les sept en même temps vers l'intérieur pour examiner le contenu. Des petits galets blancs et plats, pas plus gros que des pièces de monnaie. À ras bord. Ça pouvait bien peser! Et dessous? Peut-être dessous? Ils roulèrent la barrique sur le côté.

Les galets s'échappèrent en tintinnabu-
lant, et formèrent sur le sol un tout petit
tas de fausse neige.

— Ma foi! s'étonna Charlie. Il n'y en a
pas tant que ça!

Il essaya de basculer le fût pour le vider
complètement mais n'y parvint pas. Il lui
fallut l'aide de Walter et de Jonas tant le
tonneau, vide, demeurait lourd. Robin,

aussitôt, se mit à taper contre les parois de haut en bas. Aux deux tiers du fût, le son perdit toute résonance.

— Il y a un double fond!

Charlie suggéra de démolir la barrique.

Claudine, elle, rejetait vigoureusement cette solution.

— Elle est bien trop jolie! Gardons-la en souvenir! Et qui sait si elle ne pourra pas nous être utile un jour?

Robin s'interposa:

— Il y a sûrement moyen de faire sauter le double fond sans tout détruire!

— Et si on essayait de l'ouvrir par l'autre bout? risqua Mimi en s'excusant de ne rien connaître aux barils.

— Tu as parfaitement raison! approuva Jonas. Mettons le tonneau sur la tête, et voyons ce qu'il a dans le derrière!

Les enfants éclatèrent de rire. Ils riaient comme des enfants fatigués, sans pouvoir s'arrêter. Puis ils finirent par se ressaisir. Ils ne voulaient surtout pas rater la suite!

Walter prit l'opération en main. Avec divers outils et infiniment de patience, il retira le fond du tonneau. À l'intérieur, il y avait encore des pierres. Moins jolies

que les autres, des pierres grises, banales, mais qui recelaient un sac de jute. Une poche affreusement détériorée, fermée par un cordage rongé, quoique encore solide.

Et dans ce vieux sac usé par les ans, étalé à présent au milieu du cercle formé par les élèves équipiers de l'*Ultimo Refugio*, quatre carnets aux couleurs de la goélette. Couverture noire, lettrage doré. Le journal de bord offert par Jonas à chacun des enfants portait un titre: *Le tout dernier refuge*. C'est à lui que, ultimement, ils se confieraient. Quoi qu'il arrive, ils ne seraient jamais seuls.

Les enfants avaient les larmes aux yeux. Ils se regardèrent les uns les autres sans parler. Ils n'avaient pas besoin de mots pour se comprendre. Tout le temps que Jonas avait passé à préparer cette surprise! Tout le mal qu'il s'était donné, lui qui déjà avait fait le sacrifice de sa vie à terre! C'était trop! Ils avaient presque peur, soudain. Peur de tout perdre, comme autrefois. Comme toujours…

Jonas se méprenait sur le silence de ses équipiers. Il était malheureux comme une pierre. Avait-il été bête de s'imaginer que lui, le vieux célibataire solitaire, pouvait faire plaisir à des enfants! Il avait trop enrobé son cadeau, c'était clair. Des carnets de voyage plutôt que le trésor auquel les petits s'attendaient. Quel idiot! Il aurait mieux fait d'aller planter des choux dans le désert, il aurait eu davantage de succès…

Il se pencha, ramassa les cahiers et les empila d'un geste nerveux. Il fixait ses chaussures, incapable même de s'excuser. Il ne vit pas Robin se détacher du groupe et se faufiler à son côté. Il sentit juste la petite main qui se glissa dans la sienne. La force avec laquelle cette petite main la

serrait. Puis il entendit les mots murmurés dans le silence du soir:

— Personne ne s'est jamais donné autant de mal pour nous, Jonas…

Et Jacob, qui n'avait pas prononcé un mot depuis le matin, choisit ce moment émouvant pour gueuler à tue-tête:

— Corniaud!

Table des matières

Chapitre I
Robin des mâts.. 11

Chapitre II
Capitaine demandé.. 23

Chapitre III
L'île des chats.. 37

Chapitre IV
Lady Cavendish.. 49

Chapitre V
L'avocat du diable 61

Chapitre VI
La nuit, tous les chats sont gris 69

Chapitre VII
Faites sauter la barrique!................................. 81

Achevé d'imprimer
sur les presses de Litho Acme inc.